ウロボロスの夢

坂井一則詩集

Dream of the Ouroboros

コールサック社

詩集　ウロボロスの夢　目次

Ⅰ章　ウロボロスの夢

Ⅱ章　アモルファスな朝

Ⅲ章　螺子《ねじ》

詩集　ウロボロスの夢

坂井一則

Ⅰ章　ウロボロスの夢

夢の話

1　ラムネ

夢の中で詫びていた
（でも誰に？）

夢の中で詫びていた
（でも何に？）

このころ私は昔の職場の夢をよく見る
ほとんどが苦しく切ない夢ばかりだ

昨夜の夢では

食堂の片隅で昼食を喰っていると
誰かが目の前にラムネの瓶を置いて行った

当たり前のように
きつく嵌《はま》ったビー玉を押し込むと
待ち構えていたように泡が昇ってきた

しばらくその泡を眺めていて
「詫びるとはこういうことか」
と考えていた

そのラムネを飲み干すためには
しかるべき位置に
ビー玉を転がさなければいけなかった

夢の中の私は
しきりに
ビー玉に詫びていた

2　中間点

夢の中で中間点に立っていた
（でも中間点って何処？）
夢の中で中間点に立っていた
（でも何の中間点に？）

中間点とは
「線の両端、或いは図形の両端から等距離にある点」

であるならば
私という人生の中間点はとうに過ぎている

「無我の境地へ」と漠然と考えても
私に残された時間と諦観とでは
どう甘く勘定しても釣り合わない

ならばなぜ中間点に立つ夢を見たのか

その答えを考えることが
いまだ未練にしがみ付く過程が中間点にいる
という暗示なのか

3　輪廻

夢の中で歩いていた
（見渡す限り荒涼とした砂漠を！）

夢の中で浮遊していた
（星一つ見えぬ漆黒の宇宙を！）

砂漠も宇宙も夢の中にあっては
距離感の欠如ということでは同等だ
どちらも目指すべき標《しるべ》が見当たらない

黎明の光を待って
私はどこまでも歩み浮遊する
すると反転した私の影が

遥か向こうに見える
今夜の夢はウロボロスの輪に違いない

ウロボロスの夢

夢の中で一匹の蛇が自分の尾を食んでいた

この不条理な行為は何を意味するのであろう
古《いにしえ》より
死と再生の象徴として
宗教上の内と外として
ウロボロスは輪《リング》の宇宙を形成している

けれども
私にはそれが

究極の世界に思われてならない

自分の細胞を消化しながら
未生の細胞が増殖していく
ちょうど宇宙が
自給自足で成立しているように

だがその宇宙は
有限の元素同士が
無限の収縮と爆発を繰り返していて
オーギュスト・ブランキ※の指摘は
宇宙をウロボロスの輪の内側に
閉じ込めてしまったのだ

だから私たちもまた

宇宙の法則に則って
一人一人が
極小のウロボロスの輪であると言っても
何の不思議はあるまい

すると数億年後の私たちは
足や手や胃袋までも消化してしまって
頭と目玉だけの生き物として
ゴロンゴロンと転がっているだけの存在かも知れない
惚れた腫れたの患いもなく
ぐるぐる回りながら絡み合って
淋しい性行為に明け暮れながら

勿論
神さまの掌《たなごころ》の内

での話だが

今
嬰児が自分の足を舐めている
閉塞された世界の内側は
誰のものでもない
自分だけに許された領域なのだ

私たちに刷り込まれた
ウロボロスの遺伝子は
確実に受け継がれていく

※ルイ・オーギュスト・ブランキ（１８０５―１８８１）フランスの革命家。19世紀フランスにおけるほとんどの革命に参加し、のべ33年余りにわたって収監された。著作のほとんどは革命書だが、唯一『天体による永遠』（１８７１）だけ、宇宙論を著した。

ショパンの左手

1

崩れゆく月光の片隅で
ピアノの音が下降する

朧げなる記憶
薄れゆく意識

君は既に知っている
君はもはや覚悟する

数えきれない音色に託した夢を

数えきれない和音が紡ぐ物語を

君の右手が奏でたロマンチシズムは
音で語った詩であり情熱《パッション》だった

だが夜陰が深く鎮まるとき
月光が再び輝き出すと
君の左手は冷たくなっていった

2

天涯に冴える月明かり

夜の底冷えが足元からせり上がり

君のノクターンが
私の脳髄を突き抜け
神経を昂《たかぶ》らせる

ここに一枚の写真があって
早逝《そうせい》の天才を支えた石膏の手
デス・レフトハンド

想像していたしなやかな指とは裏腹に
ピアノの詩人にしては節榑《ふしくれ》だった指

君の右手があんなにも軽やかに踊ったのは
力強い左手のアルペジオがあったればこそか

夜想曲とは裏腹に

胸を騒《ざわ》めかせるピアノの高音が
夜の帳より這い出でて
底冷えの月が私を金縛りにする

1849年10月17日

冴えた月明かりを目指し
昇って行った
半音階

夢の器

日がな一日
夢の器の中に居た

虚ろな時間と朧げな時間では
どちらも夢現《ゆめうつつ》の時間なのだが
そこには微妙な境目があって

虚ろな時にはこの世のものとは思われぬ
朧げな時には確かにどこで見たような
いずれも夢の器を持て余すことには変わりはないが

極めてリアルで不羈《ふき》な世界にあっては
もう一人の私が意識下に埋もれているのなら
コーヒーカップに朝を注ぎ入れる時間の方が
非日常なのかもしれない

五十年振りに
故郷《ふるさと》の景色を見た
まじまじと見た

私の五十年は故郷の杜《もり》の樹々の時間と同じはずだが
私にはその違いが分からない
杜に遊んだ遠い日々からは
樹々は遥かに伸びて
故郷はその分深く抱擁されたはずなのに

眼前にある杜は
父を失くし母が亡くなった
ただそれだけの杜にしか映らない

私の故郷は
いまはもう虚ろで朧げだ
それもまた
私のリアルで不羈な日常なのだ

日がな一日
夢の器に揺蕩う

精神安定剤が二錠に増えた

虫の音

1

午前3時
虚ろな覚醒が始まる
（昨夜は精神安定剤の服用を忘れた）
静寂のなかで虫の音が遥か遠くに聴こえる
浅学にして虫の名前は知らない
（たぶん鈴虫か）
リーンと言う音に重ねるように
40年前

縊死した級友K君の顔がぼんやり浮かんだ

リーンリーンと二声鳴くと
30年前
不慮の事故死した親友Iの笑顔が浮かんだ

リーンリーンリーンと三度鳴くと
20年前
病魔に逝った畏友Hさんの顔がはっきりと浮かんだ

さてはあの虫の音は
冥界からの呼び出し音であったか
死んでしまった人は
みんなちっとも歳を取らないので
往時の面影でやってくる

私の日常は
君たちへの土産話を集めることで忙しい
ただ困ったことに
一つまた一つと
思い出は零れ落ちていくのだ

だからその時
私が私自身をもどこかに
置き忘れてしまっていたら

どうかみんなで
リーンリーンリーン…
と導いてくれ

2

午前3時半

隣の息子の声がする
車のエンジンは掛けたまま
狎《な》れた会話が夜の底に籠る

かつての私だって
深夜の高速道路で若さを持て余していた
駆け抜けてしまった友の影を追うことは
哀しみより無力感に苛まれた

でも

何もかも
遠い日の出来事のような気がする

自販機から二つ
飲料缶の落ちる音がした
二人はこれからまだ
夜の続きを彷徨《さまよ》うのだろう
私は虫の音に耳を澄ますが
もう違う鳴声に代わっている

3

午前4時

きっかりに新聞配達のバイクが通る

命がけで翅を震わせていた虫たちは
一斉に沈黙し
バイク音が遠ざかると
おもむろにまた鳴き始める
晩夏の夜明けは思いのほか短いから

昨日
異常気象の炎天下のコンクリートでは
蟬が仰向けになっていた

力、ここに尽きる
とはこの謂いであるか
いまこの瞬間

月光に昇る命もあるのだ

ならばせめて
薄明にカラスが鳴くまで
お前たちは有らん限りの聲《こえ》を搾り出せ

虫たちよ！

今、りんごの皮を剝きながら

りんごの木からりんごが地球に向かって落ちていく
ニュートンの時代よりも遥かむかしから
りんごは木から落ちるものと決まっていたのだ

りんごの木にりんごがいっぱい生っている
創世記よりも遥かむかしから
りんごは木にたわわに実るものと決まっていたのだ

地球に落ちていくりんごは
実は地球と綱引きをしている

もしも地球とりんごが二十億光年離れていたら
綱引きの勝負はいつ着くのか
誰にも分からない

創世記にはりんごの栽培方法は記されていない
しかし既にりんごは美味しそうに生っていて
一組の男女がりんごの実をこっそり食べたとき

神さまに叱られる前に
男女のどちらかが
ぺっぺっとりんごの種を
地球に向けて吐き出したに違いない

かくして紅い外皮に諭されて
白い果肉に誘惑の蜜を貯めながら

あくまでも酸味を湛えつつ
地球は甘いりんごの楽園となったのだ

だからもしも
地球がりんごに向かって落ちていたら
創世記には地球を食べた男女が記されていて
りんごから追放された二人は
この地球以外のどこか遠い星で
愛し合ったに違いない

今、夜空に星を見上げると
剝きかけのりんごのような流れ星ひとつ
三寒四温の地球を尻目に駆けていく

ゆめ、うつつ

夢の中で
これは夢だ！
と意識下に見ている夢がある

例えば会社に出勤しようとして焦っている夢
もう会社勤めから解放されて一年以上経つというのに
時計を気にして忙しく立ち回っている
そこに十七年前に亡くなった祖母が登場してきて
「家の中に虫が一杯いるからどうにかしてくれ」
と言われる

和裁が得意だった祖母は
晩年よく足元に
「針が落ちている、虫が這っている」と言っていた
私は会社に行かなくちゃいけないから
母に頼もうとするが
母は井戸端でエプロンで顔を覆って泣いている
仕方がないので殺虫剤を持ってきて噴霧するのだが
畳の下から湧くように虫が這い出てくるので切りがない
その虫もよくよく見ればみんな待針だ
戦慄に身の毛がよだちながら
ああもう会社は遅刻だ
と言うところで目が覚める

時計は午前3時

すると次に女が私の横で寝ている
冗談じゃない隣には妻が眠って居るというのに
しかし女はお構いなしに私の手を取り自分の胸に誘う
掌には感じるはずの丸みが伝わらない
虚空を彷徨う格好で掌を下に滑らすと
果たしてそこにもあるべき感触がない
はぐらかされた困惑に少しだけ呼吸が早まり
寝返りをうつ女の髪が私の顔を撫ぜた瞬間
目が覚める

時計は午前4時

その女の顔がチラついて眠れない
見知った女だったように思いながら
でも誰だったか思いつかない

（ホントは知っているくせに…）
と　もう一人の私が囁くのを遠くに聴きながら
またしても目覚める

時計は午前5時

夜明けの戸外からは蟬の声が聴こえる
今日は昼頃から雨という天気予報
雨の降る前の懸命の一鳴き
愛の絶叫！
バカだねそんなに大声で鳴くから
カラスがみんな目を覚まして山から降りてくる
カラスの声が近づくと蟬の声は止んだ
もう遅いよ
オマエらみんなカラスの朝飯さ

時計は午前5時15分

遠い日
「どうして蟬はあんなに大きな声で鳴くの？」
「きっとみんなが大きな声で鳴くから
負けじともっと大きな声で鳴くんだよ」
幼い娘の問いに
答えにならぬ答えで煙に巻いた日

今更のように
目覚まし時計のベルが鳴る

午前5時30分

夜間飛行

午前3時30分

遥か闇の向こうから
微かな飛行機音が耳に付く

こんな時間に付近を飛行するものなのか
それとも
風や雲の気象条件で
それと聞き違えることもあるか

何かのアクシデントで世界中の飛行機が

ある日突然
一斉に着陸を余儀なくされると
今ある空港では納まりきれないという

そんな話
真偽の程は分からないけれど
何某かの飛行機が
いつも上空で飛んでいなければならない
としたのなら
文明は虚構の上に成り立っていて
人は空に身体を預けながらも
こころはいつも地上にあって
天国は空のもう一段高い処にあるというわけだ

「地球を直径１ｍのバランスボールに例えると

富士山は0・3㎜、海の深さも平均0・3㎜
飛行機の飛ぶ高度1万mは地表から1㎜程度」

その計算ならば
サン＝テグジュペリの『夜間飛行』は
何㎜で遭難したことになるのだろう
暴風雨に晒された郵便飛行士ファビアンは
今も夜空で妻シモーヌを捜しているか

昔　仕事で舞上がっていた頃でも
夜の繁華街『クラブ夜間飛行』には
一度も不時着できなかった
ジャック・ゲランの香水『夜間飛行』のお姉さまたちも
今ではもう入れ歯を外して就寝中のお年頃か

空を飛ぶ夢を見なくなって久しいが
空を飛ぶ夢は好きじゃない
重力が夢の中までも及ぶから
眠りに落ちたその後で
真っ逆さまに墜落する夢に魘《うな》される
あの恐怖はどこからくるのか

人はやはり
地に足を着けていたいのだろう
大地と繋がっていたいのだろう

あれやこれやの『夜間飛行』で
午前4時
朝刊配達のバイク音が聞こえてくる

羽化

幾度の闇のほつれを縫って
無明の衣を纏う
明方

閉ざされた耳には
懐かしい者たちの聲がする
風に戦《おのの》く仲間の
祈りのような
微かな吐息が

わたしを待っている者が居る
わたしを呼び求める者が居る
わたしを迎えに来る者が居る

わたしは糸にくるまれて
白光に耐えてきた
一匹の幼虫

割れ始めた背中の痛みに
畳み込まれた翅の重さを信じる
一匹の蛹

そして今
空《から》の腹には
未来の命をずっしり詰め込んで

肢体を朝露に雪《そそ》ぐ

空が、碧い

Ⅱ章　アモルファスな朝

アモルファスな朝

生命の白光を束ねて輝きが始まる
２０１９年1月1日午前6時56分（方位１１８度）
朝日が昇ってくる
まだ何も始まっていない
ランダムで可能性だけを秘めた
真新しい朝に

私たちはその光に目覚める
霜を帯びた草木も身を屈めていた獣も

耐えてきた暗闇から息を吹き返し
この瞬間に立ち上がるのだ
世界がひと回り大きくなる

川底では未明の命が震え出す
無音に流れていた川で
夜の帳《とばり》を梳《くしけず》る音が聞こえる

過冷却の街は駿馬の鼻息のような
その時を待っている予感が奔る
朝日に向かう児らが
白い息を吐きながら
自転車のペダルを踏んで橋を渡っていく
散りばめられたアモルファスな朝が動き出す

※アモルファス＝非晶質

固体中、原子が不規則に配列した状態。一般的には氷や金属、鉱物等は結晶構造が決まっているが、ガラスなどはアモルファス構造を取る。

玻璃の罅《ひび》

私の中で
私を二分する
膜がある

恰も
昼と夜とを二分する瞬間に射す薄明のような
玻璃に挟まれた生体のプレパラートのような

その膜は透明であまりに薄いもの
だから

隔てられたあちら側とこちら側で
行き来できない葛藤に
私のこころはいつも揺れていた

その膜
私は私自身が創り出したことを後悔する
私は私自身が創り出したことに嫌悪する

そうやって生きてきた
そうでしか生きられなかった
後悔も嫌悪も今更の話なのだが…

膜はギリギリの鬩《せめ》ぎ合いに耐えている
膜はもう限界が近付いている

折しも
永遠に転倒を繰り返される
玻璃の砂時計に罅が入る

掌《てのひら》

雨上がりの眩しい朝
子供のころのように
掌を太陽に透かして見る

「手のひらを太陽に　すかしてみれば
　まっかに流れる　ぼくの血潮」※

合唱部で歌ったかつてのボーイソプラノも
今は節くれだった指を支えるだけの掌に
赤い血潮は影を引き

運命線は千々に乱れ
生命線も先細りだ

掌に伝わるぬくもりに
息を弾ませ
高鳴る鼓動に戦いた若い日
あのころの掌には
確かに真っ赤な血潮に満ちていた

紅葉の若葉よりなお小さな赤い手を
恐る恐る包み込んだ日もこの掌だ
厄年《やくどし》に亡くした友に
顔を覆った日もこの掌だ
仕事で悩み危ない崖を攀《よ》じ登り
痛い想いをした日もこの掌だ

私は今
両手の掌に頤《おとがい》を乗せて
窓に染め上げられた朝の空を見ている

飛行機雲が
一本
白い線を引いていく

※作詞：やなせ・たかし
作曲：いずみたく

西行さんのように

「願わくは　花の下にて春死なん」
と云った西行さんは本当に　春
死んだ

「その如月の望月の頃」
建久元年2月16日はユリウス暦では3月23日だから
如月の花は梅の花ではなくて
桜だったに相違ない

花好きの人はその花の咲く時期に逝くという

私には取り立てて好きな花はないのだから
いつでも構わないものの
できれば西行さんのように散ってみたい

私は一度も死んだことがないので
死と言うものが分からないが
三木清は
「死が恐ろしいのは、死そのもののためではなく、
むしろ死の条件によってである」と云う
ならば花の下で思い通りに死んだ西行さんには
死は
恐ろしいものではなかったということか

その時「西行戻し※」は本当になかったのか？

たぶんその時の私は
「慙愧《ざんき》に堪えない」
という矜持を微塵も持ち合わせていないから
この世に未練はあるだろうが
予め死を組み込まれた細胞たちを
化学式のように見送るだろう

所詮
私という身体は
遺伝子の通過点に過ぎないのだから

ならば私も西行さんのように
最後は一つだけ我儘言って
桜吹雪の下にて春死なん

じゃあ、そういうことで
なんて言いながら
桜の花びらに乗って
三途の川を流れ去るのだ

※各地に「西行戻し」と呼ばれる逸話が伝えられている。共通して、現地の童子にやりこめられ恥ずかしくなって来た道を戻っていく、というものである。

点になった金魚

金魚が一匹死んでいる

昨日まで水面を垂直に泳いでいたものが
今日は水面で平行に横たわっている

そのように
生き物の生死とは
縦と横の関係であるか
死とは方眼紙に
記《しる》されるものでもあるか

生きるベクトルを失ったものは
ただの点となって
日常から消える

眼を閉じられぬ金魚は
斜めに
いつまでも己の死を見つめている

鬼子《おにご》

「親に似ぬ子は鬼子」という

子供の頃
祖母がよくそう言っていた
私はいつも悲しくなったことを覚えている

あれは私たち孫を叱ったものだったのか
それとも自分の息子
つまりは私たちの父親を嘆いたことだったのか
いまとなれば確認のしようもない

けれど

子は当然親に似るものなのだ
という想いとは裏腹に
子は
顔だけは親の面影を持ち
親の想いからは逸れた道を歩むものだ

この私にしても
親にしてみれば
充分鬼子だったに相違なく
私の子供たちにしても
鬼の角を隠し持っていた
かも知れず

鬼は、外！
福は、内！

節分の
年ごとに増える豆を
喰う

かつての鬼子も
いつしか
豆を持て余す歳となり
鬼は、外！
福は、…

泳ぐ魚《うお》

1

幼い指先に灯る黎明の明り
あれは何がそうさせるのか

生命の焔が陽炎のように立ち昇り
細胞は次々に分裂している

透明な地図を空一杯に
紅葉のような掌が記している

男《おのこ》よ

君の足裏はまだ大地を踏みしめない
大地は君の踏ん張りを待っている

風にたなびく五月の風に
布の魚が泳いでいる

その魚を指差して
君の瞳も泳いでいる

2

裸木が小さな芽吹きに目を覚ます頃は
季節はまだ風に震えていました

その固い芽吹きが緩みだすと
若葉は一斉に萌え出すのでした

そのように貴女の中で萌芽したものも
風に吹かれて目覚めたのです

幼女から少女へと

樹木の年輪が毎年一本ずつ増えていくように
貴女の中の世界も毎年一本ずつ広がるのです

水が温み川底に眠っていた魚たちは
尾鰭《おびれ》の勢いで川面を叩いています

そしていま

貴女も
母や祖母から続く系譜の川を
尾鰭を振って泳ぎ始めたのです

梅雨の晴れ間

1　微睡《まどろみ》

水田《みずた》に風が渡り
早苗と共に植えられた光の粒
すると遥か彼方ではもうすでに
黄金色の波が撓《しな》っている

一瞬の微睡に見た　夢

地球は時速10万8千キロ（秒速30キロ）で
太陽を巡る旅にあって
私はさっき確かな歯応えで昼飯を喰った

その喰った米が時速10万8千キロで消化される途中
夢だけがほんの少し先を趨《はし》ったというわけだ

逃れられない宇宙の摂理で
夢の世界だけが自由だと言うことは
どこか楽しい

やがて五月雨が苗の頭を撫でるだろう

2　鶯

今日はあまりに天気が良いので
シーツまで洗濯して干そうとすると
杜の中からすっかり上達した鶯が

ホー、ホケキョ（ほー、干すの？）と聞いてくる

物干し竿を拭きながら
私は今まで渡って来た世間の川で
いかに掉さして来られたかを考える

ほどなく鶯は
ケッキョ、ケッキョ（けっこう、けっこう）と応えてくれる
その声に呼応するようにシーツの皺をパンパンと叩く
まだ柏手を打つ心境までには達してないゾ

と　心中呟きながら

3　ある晴れた日に

持て余す時間というものがある

やるべきことがないわけじゃない
むしろ残された時間の少ない私には
やらねばならぬことは山ほどある
だが何をやっても集中できない
何かを始めても途端に嫌になる
時間だけが流れていく

窓の外は初夏の装いで
遅鳴きのウグイスが鳴いている
室内では付けっ放しのインターネットラジオから
プッチーニの『蝶々夫人』がひとしお高らかだ

昨日私は一篇の詩を書いた
他者の詩人の評も書いた
今日の私は詩も書かず
昔の詩人の言葉の縁に腰かけて
コーヒーの澱と一緒に沈んでいる

「時間よ、止まれ！」

子どもの頃
テレビで見た『不思議な少年』サブタンは
今もどこかで時間を止めているか
時間を止めて危機を救った正義の少年も
今ではもう立派なオジイサンだ
周りがみんな静止した瞬間に
自分だけが動ける世界は

やはり淋しい時間に相違ない

『透明人間』という奴もあった
他人に見られず行動できることは
誰にも認識されない日常と等価か
見られないことで満足できたなら
安部公房の『箱男』は
どうして箱の中から覗いていたんだろう

蒔かず刈らず倉に納めず
小鳥たちの声が喧《かまびす》しい
ホトトギスに托卵《たくらん》されたウグイスは
やはりオヒトヨシなのだろうか

ある晴れた日に

マダムバタフライは
バタフライナイフじゃなくて懐剣で自害した
蝶々さんも結局は
ピンカートンに托卵されたのだ
でもウグイスは自害なんてしない
本能は理性に勝るのだ

と
こんな風にして
やることが山ほどあるのに
持て余す時間をコーヒーの澱に沈めて
弄《もてあそ》んでいる

そんな梅雨の中休みの
ある晴れた日に

夏花

1　ひまわり

ひまわりが咲いていた

マルチェロ・マストロヤンニとソフィア・ローレン
みたいなひまわりではなかったが
ひょろひょろと二本のひまわりが咲いていた

このひまわりは
来年もここにこうして咲くだろう
根拠のない確信がよぎる

どこかでそう思いたい私がいるのかもしれない

でもこのひまわり
太陽の方向を見ていない
てんでに好きな方を向いている

来年こそは
お互い同じ方向を見ていますように…

2　カンナ

故郷で通った小学校の校庭の外側には
大昔は小舟も通ったという川があって
でもそのころはもうすっかり水も涸れて

面影はどこにもなかったが
夏休みの頃には真っ赤なカンナが咲いていた

干上がった叢に立つカンナの色は
彼岸に迷う焔《ほむら》のようで
私たちは決して近付かなかったものだ

それが今では岸も川底もみんなコンクリートで
ちょろちょろ雑草が
割れた隙間に生えているだけ

初冬でもまだ赤く咲いていたカンナは
もうどこにもない

3　夾竹桃

実家には夾竹桃の木があった
毎年よく咲いたのだが
今はもうバッサリと切り倒された

ある年
「昔、夾竹桃の枝を箸にして弁当食べた人が死んだ」
と祖母が教えてくれた

夾竹桃はよく仏壇の花に供えられていたが
死んだ人は「おぶくさま」を供えられても
食べられないから大丈夫なんだと思っていた

祖母は昼に「おぶくさま」をお茶漬けにして食べていた

たぶん黄楊箸で食べていたと思う
そのせいではないと思うが九十四歳まで生きた

祖母は明治三十九年
丙午《ひのえうま》の蠍《さそり》座生まれだった

歯根

除夜の鐘が鳴り始めた

年末
無宗教の私は無聊《ぶりょう》を託《かこ》って
持て余したクリスマスケーキを喰っていると
奥歯の疼きに耐えかねて
舌で探るとなにやら奥歯の内側に
新たな歯らしきものが生えている

まさかこの歳にしてと思いつつも

年の瀬の歯医者さんを訪ねると
以前治療した歯の歯根が歯茎の中で割れて
被せた金属冠を掻い潜り
じわじわじわじわ出てきたという

人の身体はとても合理的で
必要な時に必要な対処をする

2013年に出版された『人体生物学紀要』によれば
人体を構成するおよそ37兆2000億個の細胞のどれかが
不要になった歯根を体外に排泄しようとして
数年越しに成し得た業と言えるか

そのように
私の身体は私の知らないうちに

意図しようがしまいが日々変化していく

そして
「大脳皮質の神経細胞は入れ替わりが効かない」
と言われているが
今の私の記憶を司る細胞は
入れ替わりはしない代わりに
明らかに消滅している

あれも忘れた
これも思い出せない

日々遠のく日常に
いつか脳の記憶素子は迷走し
頭の中の住人は

狂ったように半鐘を打ち鳴らすだろう

その時
誰が燃え残った小さな歯根を
拾ってくれるか

ところで除夜の鐘が幾つ鳴ったか
もう数えることも
おぼつかない

Ⅲ章　螺子《ねじ》

螺子《ねじ》

二つのものを固定させるために
回転しながら直進する
例えば木螺子の類い

二つの上下を密着させるために
片や凸型こなた凹型
例えば雄螺子雌螺子の類い

世界を繋ぎ止めるためには
心の結び付きは勿論だが

見渡せば日常は
夥しい螺子の類いで
締め付けられている

掌《たなごころ》の中
時に嫋《たお》やかに
時に勁烈《けいれつ》に

固定とは
密着とは
二つのものを繋ぎ止めること

思い余って締め付け過ぎたり
噛み合わぬ溝を傷付けあったり
人の心も螺子そのもので

あなたとわたしの間に生じた
僅かな隙間を埋めるためにも
見えない螺子は存在している

傘

1

こんなにも重宝して
こんなにも邪魔物は
他にはない

どんなにどしゃ降りでも
ひたすら濡れまいと身を屈め
どんなに曇天でも
一滴も落ちぬ路上では
待ち歩くことだけで後悔する

濡れることが嫌なのではない
濡れることが怖いだけなのだ

羊膜が破れたその瞬間
人はもう
揺蕩《たゆた》う眠りにつけないことを知っている

一度　呼吸を始めた限りには
二度と水の中では生きられぬ
その本能が雨から我が身を隠すのか

2

「今日は雨が降りそうだから

『こうもり』を持って行きなさい！」

むろんそれは
広げた形がそれと似ていたから
今とは違って布製の真っ黒だったから
「こうもり」と言えば蝙蝠ではなくて
「こうもり」と言えば傘のことだった

小学生のころ「こうもり」は
雨が降れば傘だったが
雨が降らない限りは
長く突き出た鉄芯の先が槍となり
下校時に遠回りした竹藪で
みんなで投げ合いをしたものだ

その竹藪も
今では立派な住宅街と化したが
私の中では
鬱蒼とした竹藪には
傘がまだ突き刺さったまま

「こうもり」はやはり
メリー・ポピンズのようには
空を飛べない

3

小雨降る朝
いつもの舗道に差し掛かると

傘の中へ振り込むものがある
（濡れたランドセルとクレヨンの匂い）

群青色の遠い記憶に
思わず顔を起こせば
少年が一人
傘も差さずに
私の傍らを駆け抜けていった

雨を振り払うようにして
私を追い抜いていく児よ
今の私は
君に追い抜かれることに
値していたか

私はさっきより
ほんの少し
傘を起こした

熊手

謡曲『高砂』では尉《じょう》と姥《うば》が掃除をしている
長年連れ添った老夫婦が
箒と熊手で松の葉を掻き集めている

それはそれはたいへん目出度い象徴であるが
私はてっきりジイサンが箒を
バアサンが熊手を持っていると思っていた

ある時それが逆だと知って愕然とした

青天の霹靂とまでは言わないが
ネットで調べてみれば
みんな全員
姥は確かに箒を
尉は紛れもなく熊手を手にしている

思い違いは誰しもあるが
六十有余年にしての思い込みは
結構ショックなものだ

手にする道具がいつ入れ替わったのか
定かに見当し難いが
なんとなく
安部公房の『砂の女』あたりが怪しい

あの砂に埋もれていく海辺の村を
蟻地獄に落ちた昆虫採集男は
ひたすら砂を掻き出す
その光景がいつしか
男が箒でもって日がな一日
労働する姿と重なっていったか

熊手では砂は掻き集められないから

その不条理が
いつしか尉の手に箒を持たせ
砂の女も懸命に砂を掻き出しはするが
その生ぬるい媚《こ》びた肢体は
熊手で砂を掻く無為を想像させた
とにかく私の中の『高砂』は

尉が箒で姥は熊手だったのだ

十一月の酉の市で
商売屋はこぞって熊手を買う
勿論　幸運を掻き集める縁起物としてだが
商売屋でもない私に必要な熊手は
日ごとに零れる思い出を
掻き集めるための道具でしかない

私の「姥」は
箒をウオーキングポールに持ち替えて
体力増進に余念がない

筆箱

1　鉛筆

鉛筆なんて使わなくなって久しいのに
机の引き出しの奥の方から
筆箱が見つかって
ちびた鉛筆が出て来た

長い眠りを揺り起こせば
いまでも黒々
紙を滑る

思いつくまま

丸や三角や螺旋を描いて
ついでに人の名前も書いてみる

右手の中指のペンだこが久し振りに疼く

顔は脳裏に浮かぶのに
その名前が思い出せない
苗字で呼び合っていたことに
今更ながら想い至る

友達の友達の友達の…
と五回繰り返せば
アメリカの大統領に行き当る

ホントかウソか知らないけれど

こんな鉛筆一本でも
世界を動かす人々の名前も書けるのだ
最後に一つ
自分の名前を書いてみる
心なしか掠《かす》れている

2　定規

人生を
定規で線を引くように
きっちり分けることはできない

けれど

定規に目盛があるからには
某《なにがし》かの長さは
測ることができたはずだ

ただそれが15㎝だったから
測ってみようなんて今まで一度も
思いもつかなかっただけなのだ

そして気付けば私の人生なんて
15㎝にも満たないなんて
思いもしなかっただけなのだ

3　ハサミ

裁ち鋏で紙を切ると
布が切れなくなるから
使うんじゃないよ！
和裁仕事の祖母によく叱られた

あれから私は
切れるものでも切ってはいけないこと
を知った

そして
切れるものでも切れないものがあること
も知った

私はどんなハサミで
あの人との縁《えにし》を断ち切ったのだろう

4　ピンセット

挟む
抓《つま》む
引き剝がす

不器用な指には持て余す
細めても定まらぬ視線の先を
神経を集中して
そっと　ぺらっと

持ち上げる
そんな風にして
私は人生を
一枚一枚
剝がしてきたんだと思う

5 コンパス

フリーハンドで描くよりも
コンパスを使えば
素晴らしい丸ができるのだ
フリーハンドというものは

その日その時の気分に左右され
僅かな躊躇《ためら》いに手がブレるからだ

その点コンパスは
一本の針が芯となり
開いた腕は寸分違わず始点に行き着く

あの日のあなたとの間も
私がコンパスとなって
丸く包み込んでしまえばよかったのか

6　分度器

今日まで日常で

角度を測ることなんて
あったのだろうか

斜に構えた私の性格は30度
仕事の上で危ない橋を渡った時は45度
思いっきり人生の壁にぶつかった頃は90度

そう考えると
今なら言える
その日その時々の角度が

そういえば
猪突猛進していたときは１８０度だったな
一直線をひたすら駆け抜けていた

ならば
最後はきっと３６０度だ
私の来世は何に生まれ変わるのだろう

７　消しゴム

学校での実験中
私たちは消しゴムの使用を禁じられていた
「間違いは棒線で消せ」
つまり測定の数値や計算は全て
例え明らかに間違いと気付いても

その間違いを記録として残せというわけだ

先生
そんなことしたら私の人生は
棒線だらけになってしまいます

とは反論しなかったが
社会に出てからは
どれだけ不都合なことを
消し去りたかったことか

小学校の頃
プラスチック消しゴムを持っている子がいて
私の硬いゴム消しよりはずっときれいに消せて
とても羨ましかったことを覚えている

あの時の君
いまでも君はその消しゴムで
全てがまるでなかったように
消していますか？

私は相変わらず棒線だらけの人生だったから
消しゴムは必要なかったけど
ただ
最後だけは誰かの手で
きれいに消して貰いたいと思っているのです

海の膜

1　真珠

アコヤ貝は行き場のない涙と
海底のわずかな光を外套膜に集めて
乳白色の丸い玉を孕んでいく

脈動のない我が子を
ただ　ひたすらに

2　海の話

海の話をしよう。

では何処から始めようか。
原始地球のシアノバクテリアあたりからだと
話が長くなりそうだし
ジュラ紀・白亜紀の海には
おっかない生物たちで溢れていそうだから
やはり目の当たりにしている
この今の海の話をしよう。

詩人辻征夫は
　春の海には／／南蛮から漂流してきた／「ヒネモス」がいる
っていうけれど
（春の海ひねもすのたりのたり哉・蕪村）
いつも酔っ払うことに真剣だったオジサン詩人は置いといて

今　まさに落ちていく夕陽の海のことを話そう。

「ジュッ」と音がするなんて詩的な話じゃなくて
夕陽が沈む海の向こうにある
誰も見たこともない街の話でもなくて
（まして貝に耳なんか押し当てないで）
深くて静かで昏い膜
地球を直径1メートルのバランスボールに喩えると
たった0・3ミリメートルの海の
数えきれない光の膜
掬いきれない時の膜
纏いきれない波の膜
の
それらがみんな鎮まったあとの
そんな日没前の水銀色の海の話をしよう。

広大とか悠久とか私たちの尺度なんかじゃ測れない
母なる海とか生命の源とか言い尽くされた言葉でもない
まして「わたつみ」とか「ポセイドン」とかの
大昔の神さまのことでもない
今　この瞬間の海の話をしよう。

あの夕陽がみんな沈んだら
どこまでが海でどこからが空か区別のつかない
そんな何でもない海の話をしよう。

3　グルタミン酸

昆布って海の中で出汁が出ちゃわないのかって？

考えてもごらんよ
昆布が海で出汁をみんな出しちゃったら
ニボシやカツオ節の立つ瀬がないじゃないか
それに出がらしの昆布じゃ佃煮にしかなんないし
第一オメエ　お吸い物はどうすんだよ

ありゃあオマエ
昆布が死ぬから出汁が出るんだよ
死んで乾燥させると細胞膜が壊れるんだよ
死んで初めて出汁を出すんだよ
生きてる間は出汁なんて出さねえんだよ

人と同じよ

人間だって
死んで初めてその人の味が出るってもんさ
なっ
そうだろう?

川の生き様

1　川の形態

空の碧さや森の緑を映し
闇を湛えつつ岩をも食み
生き物たちに飲み込まれ
時に
生き物たちを飲み尽くす

変幻自在な川の営み

2　ヴルタヴァ（ドイツ名モルダウ）

チェコの作曲家スメタナの交響詩『わが祖国』第2曲の「モルダウ」は
二本のフルートによって奏でられる小さな二つの源流が
モルダウ川となって森や野原を流れて行くうちに
いつしかプラハを流れ
最後はドイツのエルベ川へと消えて行く。

その長い川の旅の途中には
農夫たちの結婚式や水の妖精たちとの戯れ
時に幻想的に時に激流逆巻きながら
美しい詩情を調べに載せて流れて行くが
その時スメタナは完全に失聴し
精神を病み始めていた。

作曲家は音が聞こえなくとも曲を創ることができるが

詩人は言葉を見失っても
詩を書くことができるのだろうか。

魂の叫び精神の飢え感情の高揚だけで
詩の神さまは
詩人に言葉をお与え下さるだろうか。

１８８４年5月12日
スメタナは精神病院で
正気に戻れないまま60歳の生涯を終えた。

２０１８年5月12日
61歳の私には
天竜川の水音が聞こえている。

私にはまだ伝えたいことがある。

3　コーヒーブレイク

ふみ子さんが枕元に立っています
と言うことは
貴女はもう三途の川を渡ってしまったのですね
三途の川の渡し賃ってやっぱり六文でしたか
えっ？！
泳いで渡ったんですか
（貴女らしいなぁ）
道理で枕が濡れているわけだ

それではふみ子さん
使わなかった六文銭は
三途の川の水で淹れたコーヒーでも注文して
川向うで待っていて下さい

それだけで充分だ

1　祈り

小さな教会を訪れた

魂の鎮まる場所として
聖者も民も共棲する
質素で天井だけが不釣り合いに高く
（ミサ曲もレクイエムも聴こえない）
振り仰いだステンドグラスからは
僅かに光が零れて来た

それだけで充分だ

2　自問

たとえば秋風が吹いたとしても
それが私の中に吹き込むわけではないが
山肌に忍び入る風は
真夏の熱気からようやく解放されて
こころなしか時間差で吹いてくる。
樹々の隙間で枝を擦り抜ける風も
山道を踏む人の背を時間差で押してくれる。
額に汗しながら
葉擦れの音小鳥の囀り滴る岩清水
それら山の霊気が時間差で問いかけてくる。

「オマエハ、ナニモノカ？」

私はその問いには答えず
そっくりそのまま自問する。

（お前は、何者か？）

たとえば街中で懐かしい声を聴いたとしても
それが私の中に棲みついた人の声と言うわけではないが
雑踏に忍び込む声は
街の喧騒から解放されて
こころなしか時間差で聴こえてくる。
車のクラクションオートバイのエンジン自転車の急ブレーキ
それら諸々の雑音は歩道に纏《まと》わりつき
確かに聞き覚えのある声で

私の靴音に縋りながら時間差で問いかけてくる。

「オマエハ、イキテイルカ？」

私はその問いには答えず
歩調に合わせて自問する。

（お前は、生きているか？）

私が私であるために
私が独りであるために
何者でもない私は
この瞬間に生きている。

それだけで充分だ。

3　不老不死

「ベニクラゲ」って知ってる?

死にそうになると赤ちゃんになって
大人に成長してまた死にそうになると
またまた赤ちゃんに戻って
そうやって何度も生き返るクラゲのことなんだよ

人はベニクラゲのようにはいかなくて
だんだん細胞の交代が遅れ出し
使い古された手や足は水母みたいになっちゃって
ただ頭の中身だけが赤ちゃんに戻っていって

夜明けの星のようにひとつ　またひとつと
記憶は消えていってしまうけれど
私の一生なんて

それだけで充分だ…

道

そのみち
あのみち
いつかの道

かつて故郷《ふるさと》の杜《もり》に通じる道は
いつもひんやりと昏く
彼岸に迷う焔《ほむら》を道標に
天狗も居れば山姥も棲んでいた
遠い記憶に閉ざされた祠《ほこら》では
夜毎繰り返す百鬼夜行の狂演

杜は畏敬と共にそこにあった
だが時代に杜は切り闢《ひら》かれて
今ではコンビニエンスストアが
昼夜を問わず煌々と照らしている

そのみち
どのみち
いつかゆく道

あとがき

人間は皆平等であると言う。

倫理的に考えればその通りなのだが、現実はその人の資質や出自によって、必ずしも平等とは言い難い。生存権すら否定されることもある。宗教による法悦も個人の問題だ。するとどこに「平等」は担保されるのかと考えた時、唯一、人は夢の中だけは自由であり、かつ平等に存在できる。たとえその夢に魘《うな》されようとも、そのことの責任を問われることはない。

人間に与えられた唯一の権利は、皆等しく歳を取るという事。

そう、これは運命ではなくて権利なのだと考えると、私は歳を取る権利をフルに活用して夢の世界を翔ぶ。死ぬために生まれてきたという不条理を、私は夢の世界で考える。

とは言うものの、目覚めている時間は、日常と言う分厚い壁を前に現実を生きなければならない。私たちは皆誰しも自分の手で糊口を凌がねばならない。そのためにはその人に与えられた職人としての天分を発揮しなくてはならないが、私も拙いなりに、バケガク（化学）の職人に徹してきた（つもりだ）。そして私は、幸い、その職人の手の合間で詩を書く時間を持つことができ、そのことを励ましてくれた仲間・知人・家族が居た。その人たち無くしては、私は詩を続けられなかっただろう。

私は今、ますます詩が分からなくなっている。そして分からないからこそ、残された時間を詩の職人として全うしたいと願っている。

この詩集を纏めるにあたり、今回もコールサック社の鈴木比佐雄氏に編集をお願いした。「私」という個を支えてくれる人たち共々感謝申し上げ、かつ、私を支えてくれる人が一人でも多く、これからの私を見守って頂けるなら、こんな幸せなことはない。

坂井一則

二〇一九年　九月

坂井一則（さかい　かずのり）略歴

一九五六年（昭和三十一年）生まれ

著書
一九七九年　詩集『遥かな友へ』（私家版）
一九九二年　詩集『十二支考』（樹海社）
一九九五年　詩集『そこそこ』（樹海社）
二〇〇七年　詩集『坂の道』（樹海社）
二〇一五年　詩集『グレーテ・ザムザさんへの手紙』（コールサック社）
二〇一八年　詩集『世界で一番不味いスープ』（コールサック社）
二〇一九年　詩集『ウロボロスの夢』（コールサック社）

所属
日本現代詩人会
日本詩人クラブ
中日詩人会
静岡県文学連盟
「コールサック」（石炭袋）　各会員
ネット詩誌「MY DEAR」

現住所
〒四三一‐三三一四
静岡県浜松市天竜区二俣町二俣二一〇二‐四
（e-mail: sakai1956@sea.tnc.ne.jp）

石炭袋

坂井一則詩集
ウロボロスの夢

2019年11月22日初版発行
著　者　　　坂井一則
編集・発行者　鈴木比佐雄

発行所　株式会社 コールサック社
〒173-0004　東京都板橋区板橋 2-63-4-209
電話 03-5944-3258　FAX 03-5944-3238
suzuki@coal-sack.com　http://www.coal-sack.com
郵便振替　00180-4-741802
印刷管理　(株) コールサック社　製作部

＊装幀　奥川はるみ

落丁本・乱丁本はお取り替えいたします。
ISBN978-4-86435-416-5　C1092　¥1800E